TROISIÉME DISCOURS

SUR LA LIBERTÉ FRANÇOISE,

PRONONCÉ, LE DIMANCHE 27 SEPTEMBRE 1789.

Dans l'Eglise de Notre-Dame, pour la Bénédiction générale de tous les Drapeaux de la Garde-Nationale-Parisienne, M. l'Archevêque de Paris, Officiant.

EN présence de M. BAILLY, Maire; de M. DE LA FAYETTE, Commandant-Général; de MM. les Députés de Paris, à l'Assemblée-Nationale; de MM. les Représentans de la Commune, & de MM. les Députés de tous les Districts de Paris.

PAR M. l'Abbé FAUCHET, l'un des Représentans de la Commune, & l'un des Membres du Comité de Police de l'Hôtel-de-Ville, Prédicateur Ordinaire du Roi, Vicaire-Général de Bourges, Abbé Commendataire de Monfort.

A PARIS,

Chez
BAILLY, rue S.-Honoré, Barrière-des-Sergens.
DE SENNE l'aîné, au Palais Royal.
LOTTIN *de S.-Germain*, rue S.-André-des-Arcs.
CUSSAC, au Palais-Royal.
Le Portier de la Communauté de S.-Roch.

M. DCC. LXXXIX.

TROISIEME DISCOURS

SUR LA LIBERTÉ FRANÇOISE,

Prononcé, le Dimanche 27 Septembre 1789, dans l'Eglise de Notre-Dame, pour la Bénédiction générale de tous les Drapeaux de la Garde-Nationale-Parisienne, M. l'Archevêque de Paris, Officiant.

In tempore illo deferetur munus Domino exercituum à Populo divulso & dilacerato, à Populo terribili post quem non fuit alius, à gente expectante, expectante & conculcatâ, cujus diripuerunt flumina terram ejus; ad locum Domini exercituum, Montem Sion.

En ce temps, un grand hommage sera rendu au Dieu des Armées, par un Peuple jusqu'alors divisé & déchiré; par un Peuple devenu terrible, & auquel aucun autre ne pourra jamais être comparable : Cette Nation qui avoit attendu la Justice, & qui, dans sa longue attente, avoit toujours été foulée aux pieds par ses ennemis qui possédoient sa Terre, comme des Fleuves qui la dévorent, se réunira dans le lieu où est invoqué le Dieu des Armées; elle viendra triomphante à la Montagne de Sion.

Isaïe, chap. XVIII. v. 7.

MONSIEUR LE MAIRE ET MESSIEURS,

IL EST VÉRIFIÉ pour nous avec plus d'éclat qu'il ne l'avoit été pour l'ancien Peuple, cet

Oracle ; où le Prophète, qui peint à grands traits les révolutions futures du Genre-Humain, retrace si vivement l'état de la France. Divisions entre les Classes qui opprimoient & celles qui souffroient l'oppression : Longue patience du Peuple à supporter l'injustice des possesseurs de la Terre qu'ils auroient du féconder comme des fleuves bienfaisants, & qu'ils dévoroient : Attente d'un meilleur sort toujours trompée : Vexations toujours nouvelles : Réveil terrible de ce Peuple qui s'éléve tout-à-coup au-dessus des premières Nations de l'Univers : Son triomphe, son hommage au Dieu des Armées ; sa réunion dans le lieu saint, & toute la majestueuse solemnité de ce grand jour ; de la hauteur de son génie, placé par l'Esprit-Saint au-dessus des temps, Isaïe a vu ces événemens dans l'éloignement des siécles. Nous les voyons réalisés à nos yeux ; nous y participons tous ; notre reconnoissance envers l'Arbitre des destinées doit être immortelle. Aidés de sa main toute-puissante, nous allons poser sur la Justice les fondemens durables de la prospérité de cet Empire, auquel aucun autre ne pourra jamais être comparé. *Deferetur munus Domino exercituum .... à Populo terribili post quem non fuit alius.* Plus de classes qui nous divisent ; nous sommes tous des frères : plus d'oppressions ; l'autorité n'appartient qu'à la Loi : plus d'attente de la révolution ; elle est faite : la terreur ; elle est sur nos ennemis : la force, elle est à nous : le Peuple vainqueur, le voilà : l'offrande au Dieu des Armées, elle remplit ce Temple : les nombreux Etendards de la Liberté s'inclinent devant le Sanctuaire : les Guerriers de la Patrie proclament le Serment solemnel : cette Commune immense est réunie comme une seule famille : la France se prosterne devant la Religion ; la Religion embrasse la France : les Bénédictions de la Nation libre s'élévent, comme d'un seul cœur & d'une seule âme, vers le Ciel ; les Bénédictions du Ciel descendent sur la Nation libre, comme sur son plus digne ouvrage : ce Sage qui préside à l'ordre, au nom de la Loi : Ce Héros qui commande les forces, au nom de la Loi : Ce Pontife qui, au nom du Dieu de la Loi, bénit les Chefs de la Loi, les Etendards de la Loi, les Guerriers de la Loi, les Citoyens de la Loi ; tout est en hommage au Très-Haut : toute la liberté Françoise, cette grande & magnifique création de la Providence, chante & invoque son Créateur. Un si beau spectacle surpasse les expressions du sentiment, les transports de l'admiration, les élans de l'amour. Dieu du Genre-Humain ! avec quelle unanime ardeur nous vous adorons comme le Dieu des François ! vos bienfaits sont gratuits ; consommez votre œuvre ;

rendez-nous dignes de notre bonheur. Frères, nous le goûtons avec raviſſement ; mais nous le connoiſſons à peine : nous eſpérons qu'il ne fera qu'augmenter ; mais les meſures de la ſageſſe peuvent ſeules l'aggrandir encore & le rendre ſtable à jamais. Comptons, ſous les yeux de Dieu, devant l'Autel de l'Alliance, dans cette grande réunion fraternelle, & toutes nos forces & toutes nos eſpérances. Nos forces ſont toutes puiſſantes pour aſſûrer à jamais notre liberté, ſi nous attirons les grâces du Ciel par le bon uſage que nous en ſaurons faire : nos eſpérances ſont infaillibles pour conſommer notre bonheur, ſi nous-nous concilions la faveur du Ciel, par les bonnes mœurs qui peuvent ſeules les réaliſer. Nous pouvons tout pour la perfection de la liberté Françoiſe, en dirigeant nos forces avec ſageſſe : nous ferons tout pour le bonheur des François, en appuyant nos eſpérances ſur la bâſe des mœurs.

Eſprit Créateur des idées vraies & des ſentimens juſtes, donnez-moi les paroles de la Vertu, j'aurai l'éloquence de la Liberté.

PREMIÈRE PARTIE.

Une Nation eſt pleinement libre, quand elle a par elle-même des forces ſurabondantes pour empêcher au dehors toute invaſion des Ennemis, au dedans toute oppreſſion des Citoyens, & qu'elle ſait uſer de ſes forces. François, nous avons ces forces invincibles, & nous ſaurons les diriger. Nous les avons : deux millions de Gardes-Nationales ſont armées d'une extrémité de la France à l'autre. Les Puiſſances de l'Europe entière s'ébranleroient contre nous ; tous les Empires ſe rouleroient ſur nos Frontières, qu'ils échoueroient comme des vaiſſeaux pouſſés par la furie des vents devant une enceinte d'inébranlables rochers. Ce n'eſt point ſur la multitude des Soldats, c'eſt ſur le calcul des courages que poſe notre Liberté. Vingt millions d'eſclaves en armes peuvent être facilement vaincus : vingt mille Guerriers-Citoyens ſont invincibles. Jamais une Nation libre n'a été domptée, jamais. Il faut que la Liberté périſſe dans le ſein d'un Etat, avant qu'aucun Potentat de l'Univers puiſſe en violer la puiſſance. J'ai parlé de calculer nos courages ; ils ſont incalculables. Nos inſenſés ennemis n'en ont pas l'idée, malgré l'expérience terrible qu'ils en ont faite dès le premier jour. « Des Soldats nouveaux, » diſent-ils, des Bourgeois timides, un ramas

» de Populace ; point d'exercice, point de Tacti» que, point de discipline ; nulle prévoyance, » nul ordre, nulle science des batailles : en» tendons-nous, fondons sur eux, & un joug » plus pesant que celui qu'ils ont brisé tombera » sur leurs têtes ». Réponse, réponse à leur insolent mépris, « la Liberté ». Ils étoient nouveaux la plupart, ces Soldats qui ont pris en un jour, en une heure, le Boulevard du Despotisme, qui avoit affronté les siécles. Etoient-ils timides, ces Bourgeois transformés, dans une minute, en grands Citoyens, devant lesquels ont fui, ont disparu les vieilles Armées de l'Aristocratie ? Tyrans fugitifs ou cachés, il n'y a plus en France de Populace que celle dont vous êtes, par votre or, les infâmes corrupteurs : elle disparoîtra bientôt avec vous & avec vos crimes ; ou elle se fondra elle-même dans le Peuple François, à la chaleur divine de la Liberté. L'ordre, nous l'aurons ; il naît de la liberté même : la prévoyance ; mais croyez-vous donc avoir emporté avec vous le génie du Royaume ? Etiez-vous les Sages de la Nation ? Aviez-vous seulement l'idée de la sagesse, & une étincelle de cette intelligence qui combine les événemens, vous qui avez été si facilement anéantis dans vos projets ? Comme l'orgueil est stupide ! comme il se pousse toujours par un instinct d'absurdité dans toutes les frénésies de la présomption, pour tomber dans les derniers & inévitables excès de la ruine ! Un Peuple est libre, ce Peuple est le Peuple François ; & l'on pourroit entamer sa puissance ? Rassemblez-vous, Nations ennemies, & soyez vaincues ! prenez des forces, soyez vaincues : redoublez vos efforts, soyez vaincues. C'est pour un Peuple libre, qu'Isaïe présageoit ces Victoires ; la Liberté nous les assûre

L'ancienne Gréce n'avoit pas l'étendue & la population de deux de nos provinces, & il y avoit cent Etats presqu'indépendans les uns des autres dans son sein. Le grand Roi les menace de les écraser de tout le poids de l'Asie. Dix-sept-cent mille hommes ne les épouvantent pas : les innombrables armées d'Esclaves commandées par les premiers Esclaves du Tyran, périssent devant une poignée d'hommes libres, que la cause de la Patrie avoit ramassés près les uns des autres, sous le commandement d'un Héros librement élu, non pas pour combatre, mais pour vaincre ; car c'est le sort de la Liberté. Si Athènes & Lacédémone, si Thèbe & Corinthe avoient été liées par un nœud indissoluble, les siécles auroient coulé avec respect devant leur Liberté toujours vierge, & le monde vieilli les verroit libres encore comme dans leur jeunesse. Imaginez donc le sort d'un Empire, où soixante Provinces qui ſe touchent de la Méditerranée à l'Océan, d'une enceinte de montagnes, à une enceinte de forteresſes, ne ſont pas ſeulement unies par une ſimple confédération, mais s'embraſſent étroitement, s'identifient, forment un ſeul Etat ſous la même Loi, ſous le même Chef, dans la même Liberté. Si les établiſſemens de la terre pouvoient avoir des deſtinées éternelles, l'éternité s'appuyeroit ſur la Liberté-Françoiſe.

Loin de nous, frères, & dans tous les temps, l'idée des Conquêtes: elles ſont toujours injuſtes & infailliblement funeſtes. Elles ont perdu toutes les Libertés en rapellant toutes les Ariſtocraties & tous les Deſpotiſmes. Nous ſommes aſſez grands. Ne répandons pas la France au loin ; ne la verſons pas dans l'Univers. Qu'elle reſte libre dans ſes limites; ſa gloire montera juſqu'aux Cieux ; le ſpectacle de ſon bonheur excitera l'émulation de tous les Peuples, & ſa félicité commandera par un invincible attrait celle du Genre-Humain. Perſpective ſublime & remplie de délices ! Dans l'étendue des ſiécles & dans les plans de la Société, une combinaiſon de Liberté, pour un vaſte & puiſſant Empire, n'avoit pas encore été faite. Tout un Peuple immenſe, repréſenté toujours par des Sages, choiſi par lui-même pour faire des loix qu'il approuve : un Roi Patriote, un vrai Monarque qui n'a pas la charge des loix, qui n'en a que l'exécution ſuprême : chaque Citoyen, Membre de la Souveraineté pour concourir à la Légiſlation ; un ſeul chef de la ſouveraineté pour faire exécuter ce que la légiſlation commande : & cela dans la France, dans la contrée qui réunit le plus les vraies richeſſes de la Nature, ſous un ciel heureux, ſous le climat le plus favorable à la penſée, au courage, à la fraternité, à toutes les vertus ! O Dieu ! nous vous adorons : vous allez montrer enfin toute la puiſſance de l'Humanité, tout le bonheur où elle peut atteindre.

François, rien n'eſt à craindre pour nous au dehors. Regardons en nous-mêmes. C'eſt de notre ſein qu'il faut bannir tous les dangers. Effaçons les lignes de ſéparation ; prévenons les renaiſſances d'Ariſtocratie : ce ſont des germes de Servitude ; c'eſt le poiſon de la Liberté ; mais nous ſommes forts pour les anéantir & les empêcher de ſe reproduire jamais. Dans la ſage direction de nos forces internes, eſt la parfaite ſécurité de la Liberté Françoiſe.

Des Communes réunies, des Gardes Populaires, une Aſſemblée-Nationale, un Roi Citoyen ; voilà nos forces internes. Quand elles ſeront toutes arrivées à l'ordre où elles tendent d'un effort unanime, notre Liberté eſt immortelle.

La bâſe de notre Conſtitution libre eſt poſée

dans toute l'étendue de la France. Ce ſont les Communes de tout le Royaume qui ſont cette vaſte & indeſtructible bâſe que tous les efforts, je ne dis pas de nos ennemis, mais de l'Univers entier ne ſouleveroient pas. Elle réſiſteroit au feu de l'Enfer même; car il ne peut rien ſur l'union; il n'a de pouvoir que ſur la diſcorde. Elle feroit violence au Ciel même; car il ne peut que bénir la concorde; il verſe les bienfaits de l'Eternité ſur l'amour. Frères, ſoyez uns dans toute la France, & vous êtes éternellement libres. Ayez vos Aſſemblées fixes aux mêmes époques, compoſées d'un même nombre de Repréſentans, délibérant ſur les mêmes objets, envoyant enſemble le réſultat de vos libres volontés, aux mêmes centres dans les Provinces; que les Aſſemblées centrales reportent toutes ces volontés à la grande Aſſemblée-Nationale toujours exiſtante; que là elles ſoient comptées & comparées; que les premiers dépoſitaires de votre confiance y ajoutent le complément de leur Sageſſe; que, rédigées par eux, votre approbation les conſomme: que la pluralité des volontés des Communes de la France ſoient finalement pour toutes la Loi ſuprême: qu'elle ſoit notifiée enſuite au Monarque, pour l'exécution uniforme dans tout l'Empire; & c'en eſt fait; nulle diſſenſion n'eſt à craindre, nulle vexation, nulle aristocratie, nulle tyrannie, nul despotisme. La seule Liberté régne, & régne par la Loi. Première force intime, la plus grande force qui ait jamais existé sur la terre; elle peut tout pour le bien général, & contr'elle tout est impossible.

Les Gardes Nationales sont la seconde force interne contre les perturbateurs de l'ordre. Elle est essentielle cette force, mais elle doit dépendre de la première, & en dépendre par une chaîne indissoluble. Il ne faut point que la puissance Militaire fasse un pas hors de la ligne qui lui est tracée par les Loix. Elle est gardienne, & non pas maîtresse; elle exécute, & ne prescrit pas. Qui le sait mieux que vous; qui le répéte plus souvent, Héros, qui donnez l'ordre aux Troupes Citoyennes? Vous commandez à nos Chefs, à nos Soldats; mais c'est la Loi qui vous commande. Un pouvoir arbitraire vous feroit horreur; vous y verriez la ruine de la Liberté, la mort de la Patrie: il perdit la Gréce; il anéantit Rome; & la seule vigilance de l'Angleterre à s'en garantir, conserve, au milieu des vices de son Gouvernement, une grande mesure de Liberté dans son sein. Braves Guerriers, nos défenseurs, nos Concitoyens, nos Amis, nos Frères, c'est votre volonté, c'est votre bonheur de vous soumettre aux Loix que vous aurez faites unanimement avec toute la Famille de la Patrie. Les enfreindre, ce feroit vous déchirer vous-même. Mais cette infraction, il faut la rendre impossible. Ce ne fera pas comme parmi les Infulaires, nos voifins, en réduifant à un fi petit nombre les Gardes de la Nation, qu'ils foient faciles à écrafer, s'ils vouloient exercer un acte de puiffance arbitraire; cet état de foibleffe intime dans le pouvoir coercitif, favorife la licence, qui eft encore plus funefte à la Liberté que le Defpotifme. C'eft en combinant fi attentivement le fervice confié à des Citoyens nombreux, qui ont une famille & un domicile dans la Cité ou dans la Province, que la voix de la Patrie retentiffe continuellement dans leur âme, & que les Affemblées toujours prochaines de la Commune, puiffent les deftituer avec infamie, s'ils fe permettoient la plus légère violation de la Liberté légale. Avec cette feule combinaifon, nous aurons des Héros & point d'oppreffeurs, des Chefs Militaires & point d'Ariftocrates armés; un Commandant généreux & point d'infolent Defpote. Des Troupes nombreufes, confacrées à la Police de l'Empire, aimées, honorées par la Patrie, dont elles feront les gardiennes fidelles, en feront difparoître tous les défordres, & maintiendront entre les Citoyens & les Loix, cette parfaite harmonie qui forme le concert de la Liberté.

La troisiéme force de la France est cette majestueuse Assemblée-Nationale, qui représente & réunit en un seul point toutes les volontés de l'Empire. Elle a déjà fixé sa tenue permanente & son unité absolue : ce sont deux grands & sûrs appuis de la liberté Françoise. On affecte de craindre que les Députés nationaux ne substituent leurs volontés personnelles, & du moment, à la volonté générale & constante de la Nation, & ne changent en Aristocratie solennelle la grande représentation dont la France les honore. Frères, cette crainte est vaine ; nos ennemis la fomentent, mais l'évidence la réprouve. La Législation part informe des Provinces avec les Députés, elle y retourne formée avec leurs Décrets ; mais la France reste avec sa Souveraineté inaliénable. Il faut, qu'à la pluralité, elle réponde aux Décrets, « oui, c'est notre volonté », pour que le Code Législatif, ait le caractère inviolable & sacré de la volonté publique. Non sans doute, les Mandats de nos Représentans ne sont point des ordres absolus : leur sagesse alors nous deviendroit inutile ; les lumières que les événemens nouveaux ajoutent aux esprits, les sentimens que le feu du génie développe dans les âmes, seroient perdus pour la Patrie. Nos Députés sont les maîtres de nous offrir, pour résultats Législatifs, tout ce que le plus grand nombre d'entr'eux aura jugé digne de la Nation ; mais la Nation est là ; elle reste souveraine ; c'est à elle à leur applaudir. La France, qui a commencé la Législation en nommant ses Interprêtes, la consomme en adoptant leurs Décrets & leur donnant le dernier sceau de sa volonté. Ainsi les Sages qui sont librement élus président ; chacun leur a donné ses pensées : ils les combinent ; ils y ajoutent leur sagesse & leur génie ; ils prononcent les Oracles de la Législature aux Citoyens : tous entendent ; tous veulent : à la pluralité, la Loi est faite ; en moins d'un mois, on la recueille de tout l'Empire dans l'Assemblée-Nationale elle-même ; & c'est le Code de la Liberté.

Alors le Monarque, le grand Roi d'un Peuple libre se saisit, au nom de tous les François, de la Loi que s'est imposée toute la France. Il la fait observer avec une autorité souveraine, à laquelle non-seulement rien ne résiste, mais rien ne peut résister jamais. C'est là plus noble puissance dont il soit possible d'avoir l'idée. C'est celle que la Divinité même exerce dans le Ciel. Tous veulent dans les Cieux, & Dieu régit seul. Il est le centre de toutes les volontés & l'unique dispensateur de l'ordre. L'impuissance pour le mal, dans un Souverain libre, est le Pouvoir

Divin. La toute-puiſſance pour le bon ordre eſt l'attribut d'un Dieu.

Telles ſont nos forces, Frères & Citoyens; telle eſt la direction ſage où elles ſe portent d'elles-mêmes, pour conſommer le prodige de la Liberté Françoiſe. En les dirigeant ainſi toujours dans la ligne de la Juſtice, de la Prudence & de la Vérité, notre Conſtitution fraterternelle aura toute la perfection que comporte la Nature-Humaine. Le Roi des ſiécles ne ceſſera de la bénir. Elevons vers lui nos vœux. Il nous a tout donné; implorons tout encore. Méritons, par nos hommages, la félicité que ſa bonté nous prépare. Comptons nos eſpérances, mais appuyons les ſur les Mœurs.

SECONDE PARTIE.

La Patrie doit paſſer de l'état de ruine à l'état d'opulence, du tombeau de la corruption à la plénitude de la vie morale, & s'élever ainſi à toutes les proſpérités; voilà nos eſpérances. Pour les réaliſer, Frères, ce n'eſt pas aſſez d'avoir les forces de la Liberté, de les diriger avec ordre, & de les rendre invincibles par l'union. Ce n'eſt là que le Corps bien organiſé de la Liberté Civile. Son âme immortelle eſt dans les Mœurs. En quoi conſiſte les bonnes-Mœurs en général, & ſur-tout les Mœurs patriotiques? Dans le déſintéreſſement qui donne les richeſſes à la Patrie, & les Vertus aux Citoyens. Que ce ſeul principe devienne l'eſprit-public, & notre bonheur eſt conſommé. François, je ſuis Prêtre; je parle dans un Temple, devant un Pontife, à une Aſſemblée de Chrétiens, en préſence de l'élite d'une Nation la plus fidelle de l'Univers à la Religion Catholique: vous me croyez obligé de faire entendre le langage de l'Evangile. Mais tous ces motifs ne m'en imposeroient pas; ſi je ne voyois pas dans l'Evangile le Code parfait de la Vertu, & l'unique moyen de bonheur pour mes Concitoyens, je l'abjurerois à la face de la Nation; & les bûchers du Fanatiſme ne me forceroient pas de faire mentir le Ciel pour tromper la Patrie. Evangile ! Evangile ! C'eſt librement que je t'adore ; & c'eſt en Citoyen, que je proclame tes maximes comme ſeules propres à créer les mœurs & immortaliſer la proſpérité de la France avec ſa Liberté !

Le Deſpotiſme ne connoît point de Morale. La Religion la plus fraternelle n'eſt dans ſes mains qu'une arme ſacrée, ou plutôt ſacrilége, avec laquelle il briſe le reſſort des nobles âmes, & immole les libres vertus. Les Ariſtocrates ont juſqu'à préſent plié le Ciel à l'impoſture, pour faire révérer la Tyrannie. Ils ont entouré de la Majeſté Divine l'atrocité des Gouvernemens, & conſacré au nom de Jéſus-Chriſt, les richeſſes corruptrices que Jéſus-Chriſt a flétries de tous ſes anathêmes, comme l'infection de la Société. Cette abjuration des richeſſes, le Genre-Humain ne l'a pas encore compriſe. Elle eſt cependant tout le ſecret des mœurs, toute la ſcience de la vertu, toute la perfection de la liberté publique, tout le fondement de la proſpérité des Empires. Lacédémone ſous Lycurgue, & Rome devenue libre après Tarquin, eurent un moment l'idée imparfaite de ce déſintéreſſement parfait. Les richeſſes appartenoient à la commune Patrie, & les vertus généreuſes à tous les Citoyens. Ce déſintéreſſement dura peu ; il n'avoit pas ſa racine dans le Ciel,

& l'intérêt personnel, qui a sa racine dans le cœur humain, étouffa bientôt les vertus factices que produit l'enthousiasme, & qui s'anéantissent avec lui. Malheur aux Riches; voilà toute la morale de la liberté, toute la morale du bonheur. Il faut que la Religion & le Gouvernement, le Ciel & la Terre la fassent entendre à toutes les consciences, & que toutes les consciences, émues à-la-fois par ces deux voix puissantes, repoussent, avec les forces réunies des deux patries de l'homme, l'intérêt propre, que la nature corrompue reproduit sans cesse pour le malheur de l'Humanité & le désespoir de la Société.

Appliquons attentivement cette Morale à la France. Frères, ce seroit sans doute une incroyable nouveauté dans l'univers, qu'un grand Royaume, regorgeant de richesses, sans avoir aucuns Citoyens opulens & aucuns malheureux; qu'un Etat immense, où, après une longue corruption, qui avoit tout infecté de vices, s'établiroit soudain une perfection céleste, qui embelliroit tout de vertus. Mais c'est le moment du renouvellement de toutes choses. Nous sommes à l'instant des prodiges heureux. On n'avoit pas encore vu un vaste Empire libre; on le voit. Qui n'auroit pas traité de chimère la liberté des François acquise en un jour? En une heure nous l'avons réalisée. Si le plus esclave des peuples est devenu ſubitement le plus libre des Peuples; la plus corrompue des Nations peut devenir promptement la plus vertueuſe des Nations. Uniſſons l'Evangile à la Liberté; notre proſpérité ſe conſomme. Il le faut, Citoyens; il le faut : ſans quoi rien ne ſubſiſte; rien ne ſe répare; nos eſpérances périſſent; nous tombons de la hauteur de la Liberté dans les horreurs de l'Anarchie & dans les anéantiſſemens de la miſère.

Ecoutez, Frères, écoutez les merveilles de la Providence, & connoiſſez l'étendue du bonheur qu'elle vous aſſure par la force des deſtinées dont elle eſt l'arbitre ſuprême. Il faut payer la dette Nationale : vous le voulez; l'honneur le commande, la néceſſité même de votre exiſtence vous y oblige : une banqueroute infâme, non ſeulement déshonoreroit éternellement, mais anéantiroit à jamais la France. Cependant, elle eſt immenſe cette dette; pour l'éteindre & ſubvenir aux grands frais qu'exige un auſſi vaſte Etat, il faut qu'il trouve à l'inſtant de prodigieuſes richeſſes! Où les trouvera-t-il? Dans des impôts ſur les pauvres? On n'extrait point d'or de l'indigence; & ce n'eſt pas avec des lambeaux qu'on peut revêtir la Patrie. Cette fureur exécrable de torturer les malheureux pour leur faire donner ce qu'ils n'ont pas, appartient au

Despotisme, & finit par l'immoler lui même. La tyrannie, au terme affreux de ses moyens, trouve la Liberté qui l'égorge. Ce sont donc les riches qui doivent remplir le Trésor-National; ce sont eux qui ont tout; ce sont leurs revenus énormes qui doivent passer de leurs mains impures & souillées dans les mains pures & sacrées de la Patrie. Il ne faut point pour cela envahir leurs Domaines, & violer leurs propriétés. Les propriétés! Ah! ce sont eux qui voudroient les engloutir toutes, & qui en raviroient sur l'Autel, non point pour les tourner au profit de la Chose-Publique, mais au leur, & obliger ensuite le pauvre a payer encore des deniers de son pain, un culte indigent s'il veut en avoir un; car, pour le riche, il n'en a pas besoin, il n'a que faire d'un Dieu; il ne lui faut que des crimes. *Vœ vobis divitibus*! Au nom de Jésus, Dieu de la Patrie, prenez y-garde, frères, tous les mauvais riches sont des Aristocrates; tous, c'est-à-dire tous ceux qui ont l'esprit de richesse, au lieu de l'esprit de pauvreté, qui caractérise le Chrétien & le Citoyen.: *Beati pauperes spiritu*! texte sublime, qu'on dénature & qu'on applique à contre-sens, comme si les riches présidoient eux-mêmes à l'interprétation de l'Evangile. Ceux qui ont l'esprit de pauvreté sont en cela des esprits sublimes, & ceux qui ont l'esprit de richesse; sont des insensés *Beati pauperes spiritu*!

Pour réparer le désordre effroyable des grandes richesses particulières, établir l'ordre essentiel de la richesse-publique, payer la Dette-Nationale ; subvenir aux nécessités du Peuple, & former le trésor de la Patrie, il faut asseoir les subsides selon des proportions toujours croissantes, doubles, triples & même décuples, en raison des fortunes. Celui qui n'a pas le nécessaire, ne doit rien au Gouvernement ; il doit en recevoir les moyens de l'existence : celui qui atteint à peine à l'étroite médiocrité, n'a que l'obole de la veuve, à offrir à l'Etat ; ces oboles multipliées par le nombre immense des Citoyens de cette classe, formeront un vaste tribut : l'honnête aisance fournira beaucoup, & de grand cœur : l'opulence comblera la mesure, la surpassera, la fera refluer surabondamment pour la prospérité générale de l'Empire ; mais il faudra pour elle toute l'autorité de la Loi, *mensuram bonam, & confertam, & coagitatam & supereffluentem dabunt in sinum vestrum.* Cette régle unique réalise toutes nos espérances ; avec elle seule nous aurons la liquidation de l'Etat ; les proportions civiles, la fraternité pleine, le patriotisme général ; les mœurs, enfin, les mœurs parfaites qui font & assurent l'universelle félicité de la Mère-Patrie. Les Assemblées de Paroisse, de Districts, de Province, ont la connoissance des fortunes ; ils assoiront l'Impôt patriotique avec une infaillible équité. Legiſlateurs, fixez la Loi des contributions progreſſives, & que la diſpenſation en appartienne aux Citoyens réunis dans les mille centres de l'Empire; l'Etat eſt auſſi-tôt libre dans tous les ſens, heureux à jamais, & n'aura plus aucun des vices de la grande richeſſe privée qui les produit tous. Vous aurez toujours des Pauvres; mais ils auront du travail & du pain : la Patrie, immenſément opulente, leur en fournira. Vous aurez toujours des Riches; mais ils auront de la modeſtie & des vertus : la Patrie, diſpenſatrice de l'eſtime méritée, en échange de la vanité ſacrifiée, en aura fait des Citoyens. Vous voyez à l'inſtant toutes les corruptions diſparoître; plus d'orgueil oppreſſeur, plus d'envie dévorante, plus de ſéduction au prix de l'or; des richeſſes modeſtes, des indigences ſecourues, des émulations créées; la bienfaiſance, la fraternité, la charité, la Patrie; c'eſt-à-dire, la liberté, la félicité, la proſpérité publiques, les mœurs.

On ſe récrie : « Quoi, des émulations produites par le déſintéreſſement! & il les détruit toutes. C'eſt en cela que l'Evangile s'écarte du but de la Société, en ſubſtituant l'abnénation de ſoi-même, à l'intérêt-propre; & l'amour de la pauvreté, qui accumule des tréſors de vertus pour le Ciel, à l'amour de la richeſſe, qui amaſſe des tréſors de fortune pour la terre ». Stupides humains ! l'expérience de tous les siécles ne vous a pas encore détrompés, & vous ne voulez pas voir que le moment est venu de dissiper cette longue erreur ? Non, ce ne sont pas des trésors de fortune, mais des trésors de vices; &, si ces deux termes peuvent s'unir, des trésors de misère, que produit la fureur des grandes jouissances de la richesse. Cet effet est infaillible, évident; ses preuves remplissent les Annales des Nations; & les calamités de la France, portées à leur comble, en sont la démonstration la plus cruelle. Le désintéressement du Chrétien & du Citoyen a, par l'éternelle raison des contraires, l'effet opposé : il éléve les âmes, les porte, par l'obligation d'être utile, selon la mesure de ses forces & de son industrie, aux entreprises généreuses; place leur intérêt propre dans l'intérêt commun, & leur bonheur particulier dans le bonheur de tous. L'abnégation de soi-même ! La connoissent-ils dans les vues de l'Evangile, ceux qui la calomnient dans l'aveuglement des passions ? L'homme vertueux se renonce soi-même en tout ce qui nuit au bien général, en tout ce qui offense le bonheur d'autrui : ce renoncement est tout l'Evangile; & il est manifestement toute la Vertu. Il ne détruit point l'amour de soi; il l'ordonne plutôt; il le met dans une pleine harmonie avec l'amour des frères. Le Chrétien qui aime tous les hommes comme soi-même ; ne nuit à aucun, & sert au bien universel. C'est avec ses Concitoyens que sont ses plus prochains rapports ; c'est avec eux qu'il se compose dans ce grand ordre de l'amour fraternel. Son zèle est pour la Patrie ; il y trouve son bonheur : il paye la dette de son travail à la Société ; il en reçoit le salaire légitime : il exerce pour elle son industrie ; il y trouve sa douce aisance : il développe, pour la prospérité de l'Etat, de grands talents ; il recueille une grande estime : il se rend utile à ses Concitoyens dans les professions essentielles & les emplois nécessaires ; il s'assûre, pour son utilité propre, des richesses pures, des propriétés sacrées, des félicités ineffables, produit infaillible du patriotisme actif & des généreuses vertus. Jésus-Christ, Dieu du cœur humain ! Vous seul pouviez révéler ce grand secret du bonheur. C'est en s'oubliant soi-même que l'homme se retrouve heureux ; c'est en travaillant pour ses Frères qu'il s'enrichit ; c'est en aimant les autres qu'il s'aime ; c'est en vivant pour eux qu'il vit dans les délices, c'est en se dévouant pour la Patrie qu'il obtient l'immortalité !

O François, Nation la plus douce & la plus aimante ! vous êtes disposés par la Providence & la Nature, à être la plus Chrétienne & la plus heureuſe. Le déſintéreſſement en faveur de la Patrie va vous relever à l'Evangile, vous en donner les mœurs, vous inſtituer le Peuple le plus vertueux de l'Univers, & appliquer, par les mains éternellement jointes de la Religion & de la Patrie, la vraie ſanction, la ſanction de la vertu à la liberté Françoiſe.

Frères & Citoyens, jurons donc, jurons dans le premier Temple de l'Empire, ſous ces voutes auguſtes, ſous ce vaſte dais d'Etendards conſacrés par la Religion à la Liberté, & qui couvrent nos têtes de leur inviolable & ſolemnel ombrage; jurons ſur les armes benies de nos Guerriers; jurons par le Génie de notre Chef, par le Génie de notre Héros, par ces deux grandes âmes, par toutes celles des Citoyens déjà inaugurées à la Religion du ſerment qui les dévoue pour leurs frères; jurons par nos familles, par nos amis, par nous-mêmes: appellons ſur nous tous les malheurs, ſi nous devenons jamais infidéles aux intérêts de nos Compatriotes. Jurons ſur l'Autel d'un Dieu victime des riches & de leurs Eſclaves, victime de la Liberté de la parole & du zèle du bien Public, victime de la Vérité & de l'Humanité, victime de la Patrie & du Genre-Humain; jurons... & quoi, Frères & Citoyens? JURONS, QUE NOUS SERONS LIBRES par notre énergie, que, pour l'être, nous unirons toutes nos forces, &

que, par la concorde & l'union ; nous ferons la plus invincible & la plus fraternelle Nation de l'Univers : JURONS QUE NOUS SERONS HEUREUX par notre Liberté ; que, pour l'être, nous aurons des mœurs, en profcrivant, par les loix & plus encore par la confcience publique, l'intérêt perfonel qui étouffe le Patriotifme, les grandes richeffes privées qui produifent tous les défordres. Jurons la Liberté : jurons la Vertu : & Dieu, notre Dieu, le Dieu de l'Evangile & de la Patrie nous jure le bonheur & l'immortalité. Ainfi foit-il.

M. DCC. LXXXIX.

www.ingramcontent.com/pod-product-compliance
Ingram Content Group UK Ltd.
Pitfield, Milton Keynes, MK11 3LW, UK
UKHW020530180726
13839UKWH00005B/2431